Blattarten

Rosskastanie
Die großen, hellgrünen Blätter dieses Baums haben fünf bis sieben ovale Fiederblättchen, die sternförmig vom Stiel ausgehen.

Essigbaum
Die großen, grünen Blätter dieses Baums haben eine ungerade Anzahl von Blättchen. Im Herbst färben sich die Blätter rot und gold.

Waldkiefer
Die Blätter dieses immergrünen Baums sind Nadeln. Sie werden von einer dicken, wachsartigen Schicht geschützt.

Chilenische Araukarie
Die Blätter sind lang, ledrig und dreieckig. Sie sind spiralförmig an den Zweigen angeordnet.

Lebensbaum
Dieser immergrüne Baum produziert flache Triebe, die aus winzigen, schuppigen Blättern bestehen.

Riesenblätter

Die Riesenseerose, die im Amazonasgebiet wächst, hat riesige, runde Blätter, die auf dem Wasser schwimmen. Sie können bis zu 2,5 Meter breit werden!

Amazonas-Riesenseerose

DK | Penguin Random House

Lektorat Katy Lennon, Rhea Gaughan, Kritika Gupta, Garima Sharma, Vineetha Mokkil, Laura Gilbert, Monica Saigal, Sarah Larter, Sophie Mitchell
Gestaltung und Bildredaktion Rhea Gaughan, Bettina Myklebust Stovne, Rashika Kachroo, Nidhi Mehra, Syed Md. Farhan, Sumedha Chopra, Diane Peyton Jones, Neha Ahuja Chowdhry, Martin Wilson
Umschlaggestaltung Amy Keast, Francesca Young
Herstellung Nikoleta Parasaki, Isabell Schart
Pädagogische Beratung Jacqueline Harris

Für die deutsche Ausgabe:
Verlagsleitung Monika Schlitzer
Programmleitung Heike Faßbender
Redaktionsleitung Martina Glöde
Projektbetreuung Natalie Capalija
Herstellungsleitung Dorothee Whittaker
Herstellungskoordination Bianca Isack
Herstellung Evely Xie
Covergestaltung Inga Reinke

Titel der englischen Originalausgabe:
findout! Forest

Übersetzung Annette Ostlaender
Lektorat Regine Gerst

ISBN 978-3-8310-4732-1

Druck und Bindung Leo Paper Products, China

FSC MIX Papier | Fördert gute Waldnutzung FSC® C018179

www.dk-verlag.de

Inhalt

Superchecker!

Wald

Text: Cat Hickey

DK

Bärenspinner

Rosen-
käfer

Passionsfrucht

Knollenblätterpilz

Katta

Rothirsch

Was ist ein Wald?

In einem Wald wachsen viele Bäume und andere Pflanzen. Wälder gibt es auf der ganzen Welt und in jedem von ihnen leben viele Wildtierarten. Hier lernst du, warum Wälder für unseren Planeten so wichtig sind.

Fingerhut

Orchidee

Schneeglöckchen

Pflanzen

In Wäldern wachsen Tausende verschiedene Pflanzenarten – von farbenfrohen Orchideen bis hin zu großen Sträuchern. Zwei Drittel aller Arten der Welt wachsen in tropischen Regenwäldern.

Monterey-Zypresse

Eibe

Bäume

Bäume wachsen in die Höhe, weil sie mit ihren Nachbarn um Raum konkurrieren. Ihre Blätter nehmen das einfallende Sonnenlicht auf und schützen so den Rest des Walds vor den grellen Sonnenstrahlen.

Bananenblätter

Gottes-
anbeterin

Lebensräume

Alle Tiere brauchen Wasser, Nahrung und Unterschlupf. Ein Ort, der all dies bietet, wird Lebensraum genannt. In einem Wald finden mehr Tiere ihren Lebensraum als irgendwo sonst an Land.

Vogelnest

Mitteleuropäischer Wald im Herbst

Klima

Wetterbedingungen und Durchschnittstemperatur bestimmen das Klima, das in einem Gebiet herrscht. Wälder tragen dazu bei, das Klima konstant zu halten, und sie können sogar Regen erzeugen!

Sauerstoff

Bäume setzen Sauerstoff frei, den fast alle Lebewesen brauchen. Dieses Gas entsteht durch Fotosynthese. Dabei bildet die Pflanze mithilfe von Sonnenlicht aus Kohlendioxid und Wasser Nährstoffe für sich.

Tiere

Im Wald lebt fast die Hälfte aller Tierarten weltweit. Dazu gehören Insekten ebenso wie Elefanten. Hier finden sie Wasser, Früchte zum Essen und Plätze, die Schutz vor Raubtieren bieten.

Grüner Leguan

Eichhörnchen

Waldschichten

Auf der ganzen Welt gibt es viele verschiedene Arten von Wäldern, wie etwa Regenwälder und Nadelwälder. Von den hoch aufragenden Baumwipfeln bis zum Waldboden wächst eine Reihe von unterschiedlich hohen Bäumen und Pflanzen. Dadurch entstehen verschiedene Waldschichten. So sehen sie im Regenwald aus.

Urwaldriesen im Amazonas-Regenwald

Urwaldriesen

Die höchsten Bäume des Walds wachsen über das Kronendach hinaus. Diese Bäume ragen hoch in den Himmel und strecken ihre Blätter empor, um das Sonnenlicht zu erreichen.

Kronendach

Das Kronendach ist die dichteste Schicht des Walds. Die Bäume hier blockieren das Sonnenlicht, sodass es die unteren Waldschichten nicht mehr erreicht.

Kronendach eines Nebelwalds in Costa Rica

Strauchschicht

In dieser Schicht wachsen weniger Pflanzen, weil das Sonnenlicht nicht durch die darüberliegenden Blätter dringen kann. Hier finden sich um die Baumstämme gewundene Ranken und feuchte Moose.

Strauchschicht in einem Wald in Malaysia

ERSTAUNLICH!

Insekten sind die einzigen Lebewesen, die in jeder Waldschicht zu finden sind.

Die Strauchschicht besteht aus niedrigeren Pflanzen, die den Tieren Schutz bieten.

Großblättrige Pflanzen und junge Bäume wachsen auf dem Waldboden.

Krautschicht

Der Waldboden ist sehr dunkel und bekommt nicht viel Regen ab. Hier findet man niedrig wachsende Pflanzen.

Krautschicht in einem Regenwald in Costa Rica

Waldboden

Im Regenwald gelangt kaum noch Sonnenlicht auf den Waldboden. Die Tiere, die hier leben, können sich in der Dunkelheit unbemerkt an ihre Beute anschleichen. In den Wäldern der gemäßigten Zonen dringt mehr Licht durch die Baumkronen. So können auch Tiere und Pflanzen auf dem Waldboden die Sonne genießen.

WAS IST WAS?

A **Elefant** Er kann Bäume im Wald umreißen.

B **Leopard** Er frisst seine Beute ungestört auf einem Baum.

C **Afrikanischer Riesentausendfüßer** Körperpanzer und Gestank halten Raubtiere fern.

D **Madagaskar-Fauchschabe** Die Männchen haben Hörner.

E **Wanderameisen** Diese Insekten sind fast blind, aber sie nehmen die Bewegungen ihrer Beute wahr.

F **Brettwurzel** Diese breiten Wurzeln verankern den Baum im Boden.

Regenwald

Unter dem dichten Blätterdach ist der dunkle Waldboden übersät mit Pflanzenresten. Da sie schnell verrotten, gelangen ihre Nährstoffe bald wieder in den Boden.

Gemäßigter Wald

In einem gemäßigten Wald gelangt mehr Licht auf den Boden als in einem Regenwald. Viele Tiere sind hier zu Hause.

WAS IST WAS?

A **Weißwedelhirsch** Er frisst am liebsten Pflanzenknospen und Nüsse.

B **Krabbenspinne** Sie kann ihre Farbe ändern.

C **Wühlmaus** Sie gräbt unter Bäumen.

D **Schnecke** Mithilfe ihres Schleims kann sie sich fortbewegen.

E **Regenwurm** Pflanzen wachsen besser in Erde, in der Würmer leben.

F **Kröte** Der Waldboden ist für die Amphibie perfekt. Hier findet sie viele Insekten.

G **Pilze** Sie gedeihen unter feuchten und dunklen Bedingungen.

Leben im Kronendach

Diese dichte, belaubte Schicht des Regenwalds nimmt das Sonnenlicht auf und ist voller Leben. Bäume und Pflanzen recken sich in die Höhe und Tiere bewegen sich zwischen den Ästen. Das Leben hoch in den Baumkronen kann tückisch sein, aber alle Bewohner haben clevere Tricks entwickelt, um hier oben zu überleben. Hier sind einige von ihnen.

Lianen

Lianen sind Ranken und streben nach Sonnenlicht. Während sie wachsen, wickeln sie sich um die Baumstämme und klettern dabei immer höher.

Faultier

Wozu die Eile? Faultiere bewegen sich langsam von Ast zu Ast und fressen Blätter. Manche bleiben tagelang auf einem Lieblingsbaum und halten sich mit ihren langen Krallen fest.

Bromelie

Bromelien sind geformt wie ein Becher, in dem sich das Regenwasser sammelt. Tiere in den Baumwipfeln trinken aus ihnen.

Flughund

Natürlich ist dieses Tier kein Hund, sondern eine Fledermaus. Sie gleitet auf der Suche nach süßem Blütennektar durch die Baumkronen.

Nasenbär

Nasenbären sind Kletterprofis. Mit ihren gebogenen Krallen können sie sich schnell und leicht an Ästen auf und ab bewegen.

Tukan

Tukane suchen auf kurzen Flügen von Baum zu Baum nach Leckerbissen. Am liebsten fressen sie Früchte.

Baumkänguru

Mit gepolsterten Sohlen und langen Krallen können Baumkängurus auf der Suche nach Nahrung mit Leichtigkeit auf Baumstämme springen.

Indri

Die rekordverdächtigen Indris sind die größten Lemuren, also Affen, auf der Insel Madagaskar. Sie können 10 Meter weit von Ast zu Ast springen.

Waldarten

Wälder bedecken 30 Prozent der gesamten Landfläche der Erde. Die Waldarten unterscheiden sich je nach ihrer Entfernung vom Äquator, einer gedachten Linie, die um den Mittelpunkt der Erde verläuft. Hier sind die Temperaturen am höchsten. Welche Pflanzenarten in einem Wald wachsen, hängt auch von der Regenmenge ab.

! WOW! Würde man die Natur sich selbst überlassen, würde fast die gesamte Landfläche zu Wald werden.

STECKBRIEF

» Verbreitung: Südamerika, Südostasien und Westafrika

Regenwald

» Temperaturspanne: von 20° C bis 28° C

» Niederschlag im Jahr: 150 bis 1000 cm pro m^2

Dichtes Kronendach

Regenwald

In der Nähe des Äquators gibt es nur zwei Jahreszeiten, eine feuchte und eine trockene. Im Regenwald leben viele Tierarten – von winzigen Fröschen bis hin zu riesigen Krokodilen. Ein Baum im Regenwald kann 1000 andere Pflanzen beherbergen, darunter Lianen und Orchideen.

Nilkrokodil

Gemäßigter Wald

In gemäßigten Wäldern gibt es vier Jahreszeiten, darunter warme Sommer und kühle Winter. Hier sind die Tiere und Pflanzen an wechselnde Temperaturen gewöhnt.

Braunbär beim Lachsfang

STECKBRIEF

» **Verbreitung:** Osten Nordamerikas, Kanada, Europa, China, Japan und Teile Russlands

Gemäßigter Wald

» **Temperaturspanne:** von -30° C bis 30° C

» **Niederschlag im Jahr:** zwischen 75 und 150 cm pro m²

Borealer Wald

Boreale Wälder, auch als Taiga bekannt, wachsen in der Nähe des Nordpols. Pflanzen und Tiere müssen die meiste Zeit des Jahres bei niedrigen Temperaturen überleben können.

Schneehase

STECKBRIEF

» **Verbreitung:** Nordeuropa, Asien, Nordamerika und Kanada

Borealer Wald

» **Temperaturspanne:** von -40° C bis 20° C

» **Schneefall im Jahr:** zwischen 100 und 110 cm pro m²

Warum ist der Wald wichtig?

Kannst du dir vorstellen, wie die Welt ohne Wälder aussehen würde? Sie wäre vollkommen anders. Wälder versorgen uns mit vielen wichtigen Dingen wie Medikamenten oder Holz und schenken uns die Luft, die wir zum Atmen brauchen.

Boden

Der Waldboden ist aufgrund der Bäume und Pilze reich an Nährstoffen. Der Boden speichert Wasser und kann verhindern, dass Flüsse nach starken Regenfällen über die Ufer treten.

Der Boden hält die Wurzeln.

Pilze im Boden liefern Nährstoffe für Bäume.

Jaguar

Tiervielfalt

Etwa 80 Prozent der Pflanzen und Tiere, die an Land leben, sind in Wäldern zu finden. In den Regenwäldern in Brasilien, Madagaskar und Indonesien leben Tiere, die es nirgendwo sonst auf der Erde gibt.

Faultier

Braunbrustigel

Bücher

Holz

Das Holz der Bäume kann vielfach verwendet werden. Wir bauen daraus Möbel, Häuser und Boote und verarbeiten es zu Zellstoff für die Papierherstellung. Das Buch, das du gerade liest, hat sein Leben einst als Baum begonnen!

Holz

Kokos-
palmen

Eiche

Wichtiger Sauerstoff

Eine 150-jährige Buche produziert täglich so viel Sauerstoff, dass 26 Menschen einen Tag lang atmen können.

Aus dem Madagaskar-Immergrün werden Medikamente gewonnen.

Ingwer

Nahrung und Medizin

Seit Tausenden von Jahren essen die Menschen Pflanzen aus dem Wald. Aus vielen Waldpflanzen lassen sich leckere und gesunde Lebensmittel herstellen. Aus einigen, wie Ingwer oder Brennnessel wird sogar Medizin hergestellt.

Bananen

Avocados

Aus Kakaobohnen entsteht Schokolade.

Fotosynthese

Pflanzen stellen ihre eigene Nahrung her. Dazu mischen sie Kohlendioxid aus der Luft mit Wasser und Sonnenlicht und setzen dann Sauerstoff als Abfallprodukt frei. Dieser Prozess wird Fotosynthese genannt.

A Die Wurzeln saugen das Wasser aus dem Boden.

B Wasser wandert durch den Stamm.

C Kohlendioxid (CO_2) gelangt in die Blätter.

D Sonnenlicht scheint auf die Blätter.

E Die Pflanze wandelt CO_2 und Wasser in Zucker um.

F Die Blätter setzen Sauerstoff frei.

Waldgeflüster

In vielen Wäldern der Welt erstrecken sich im Erdboden geheime Wurzelgeflechte. Die Wurzeln der Pflanzen und Pilze verbinden sich und „sprechen“ miteinander, was beiden Vorteile bringen kann. Hier sind einige Beispiele, wie Pilze mithilfe dieser Kommunikationsnetze ihre pflanzlichen Nachbarn schützen oder auch schädigen.

Speisepilze

Im Wald wachsen viele Pilzarten. Der sichtbare Teil, der aus dem Waldboden ragt, ist die Frucht. Die fadenähnlichen „Wurzeln“ unter der Erde übermitteln ständig geheime Botschaften.

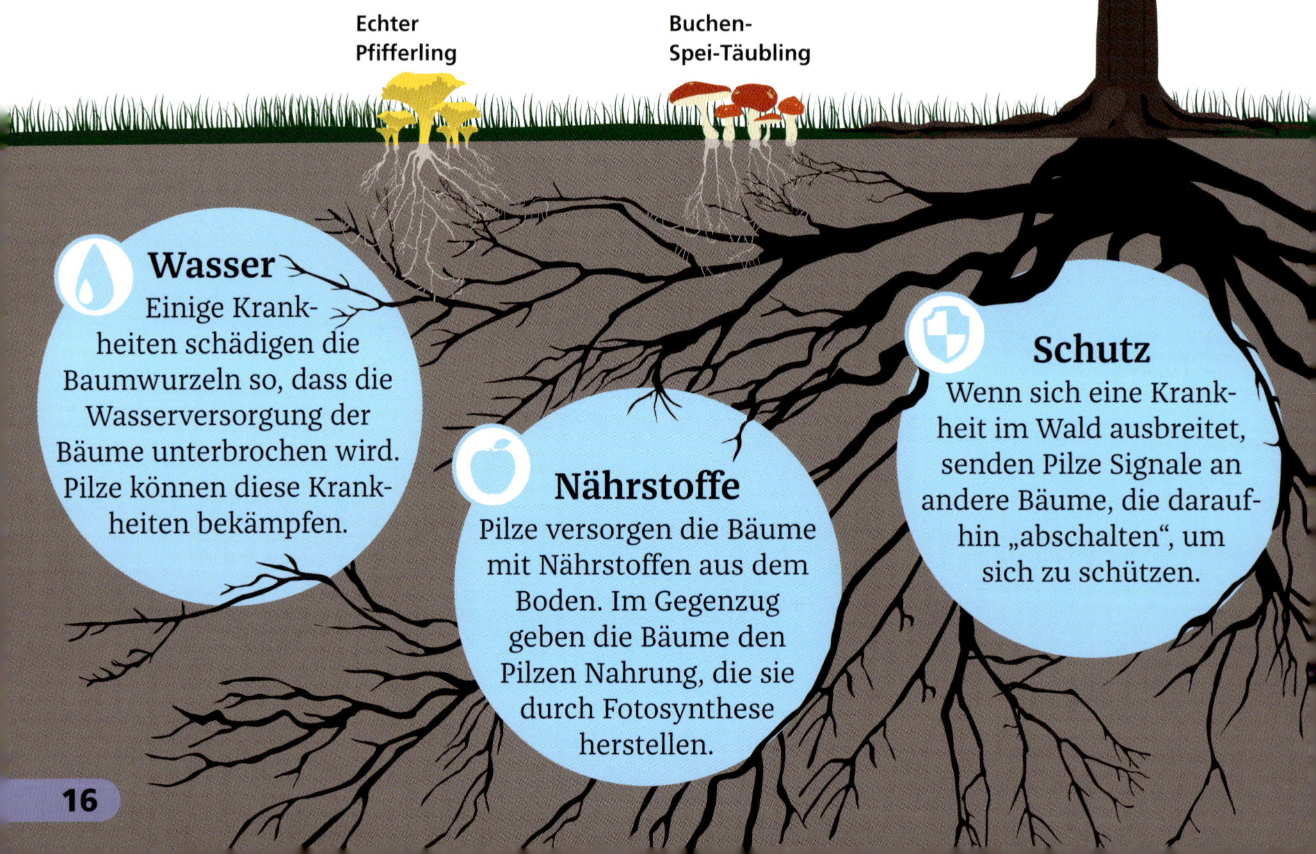

Wasser

Einige Krankheiten schädigen die Baumwurzeln so, dass die Wasserversorgung der Bäume unterbrochen wird. Pilze können diese Krankheiten bekämpfen.

Nährstoffe

Pilze versorgen die Bäume mit Nährstoffen aus dem Boden. Im Gegenzug geben die Bäume den Pilzen Nahrung, die sie durch Fotosynthese herstellen.

Schutz

Wenn sich eine Krankheit im Wald ausbreitet, senden Pilze Signale an andere Bäume, die daraufhin „abschalten“, um sich zu schützen.

WOW!

Etwa 90 Prozent aller Pflanzen „sprechen“ mit den Pilzen in ihrer Nachbarschaft.

Buche
Eine gesunde Buche kommuniziert mit den Pilzen, die um ihre Wurzeln wachsen.

Samtiger Filzröhrling

Grauer Wulstling

Chemikalien

Pilze können über ihre Wurzeln Chemikalien verbreiten. Die können den Wald vor pflanzlichen Eindringlingen schützen indem sie diese abtöten.

Stehlen

Nicht alle Pilze sind hilfreich. Einige können das unterirdische Netzwerk anzapfen und den Pflanzen Nährstoffe entziehen.

Originelle Pilze

In der Natur wachsen mehr als 5 Millionen Pilzarten. Einige sind essbar, andere können tödlich sein.

Grüner Knollenblätterpilz
Du solltest niemals Pilze essen, die du in der freien Natur findest. Dieser Pilz mag unschuldig aussehen, aber er ist sehr gefährlich. Die alten Griechen und Römer haben ihre Feinde mit ihm vergiftet.

Diese Pilze sehen aus wie der Schwanz eines Truthahns!

Schmetterlings-Tramete
Forschende untersuchen diesen Pilz, weil er Stoffe enthält, die bei der Bekämpfung von Erkältungen, Krebs und Infektionen helfen können.

Tropische Schleierdame
Durch seinen starken Geruch lockt dieser Pilz Insekten an. Die Insekten können dann die samenartigen Sporen des Pilzes an neue Orte tragen und ihn so vermehren.

Baumarten

Nicht alle Bäume sind gleich. Nadelbäume behalten ihre Nadeln das ganze Jahr über, während Laubbäume ihre Blätter im Herbst abwerfen. Einige Bäume produzieren Samen, die durch den Wind transportiert werden, während andere darauf angewiesen sind, dass sie von Tieren verbreitet werden.

Fichten
Diese immergrünen Nadelbäume können eine Höhe von mehr als 40 Metern erreichen und Hunderte von Jahren alt werden.

STECKBRIEF

- **Art:** Nadelbäume
- **Beispiele:** Tannen, Kiefern, Mammutbäume
- **Vorkommen:** boreale Wälder und Gebirge
- **Höhe:** bis zu 116 Meter

Bündel von Nadeln

Nadeln

Nadeln sind eingerollte Blätter. Eine wachsartige Schicht schützt die Nadeln im Winter und verhindert, dass sie Wasser verlieren.

Fichtenzapfen

Zapfen

Die Samen brauchen lange, um zu wachsen, und werden durch einen Zapfen geschützt. Junge Zapfen sind grün und weich, aber sie werden braun und hart, wenn sie ihre volle Größe erreicht haben.

Eiche
Diese sommergrünen Bäume können bis zu 40 Meter hoch werden. Erst im Alter von 20 bis 40 Jahren beginnen sie Eicheln zu produzieren.

STECKBRIEF

- **» Art:** Laubbäume
- **» Beispiele:** Eiche, Buche, Linde, Birke
- **» Vorkommen:** gemäßigte Wälder
- **» Höhe:** bis zu 100 Meter

Eicheln

Viele Laubbäume produzieren nussähnliche Samen, wie zum Beispiel die Eicheln. Eichhörnchen sammeln sie gerne und fressen sie. Werden sie nicht gefressen, können sie zu neuen Bäumen heranwachsen.

Blätter

Im Herbst liefern die Blätter von Laubbäumen keine Nahrung mehr für den Baum. Sie färben sich rot und orange, bevor sie abfallen.

Stamm

Der Stamm gibt einem Baum Halt. In ihm befinden sich feine Röhrchen, die Wasser und Nährstoffe von den Wurzeln zu den Blättern transportieren.

Mount Kinabalu

Der hoch aufragende Mount Kinabalu in Borneo (Südostasien) ist 4095 Meter hoch. Er ist vom Tiefland bis zur Bergspitze von Wäldern bedeckt. In diesen Wäldern lebt eine große Vielfalt an Pflanzen und Tieren, die durch einen Nationalpark geschützt sind.

Stinkende Blüte

Die Rafflesia wächst im Tieflandregenwald des Kinabalu. Ihre Blüten können bis zu 1 Meter breit werden und gehören zu den größten der Welt. Sie verströmen einen starken Geruch, der Insekten dazu einlädt, sich an ihren Pollen zu sättigen.

Rafflesia

Der Berg in Schichten
Im Nationalpark gibt es vier Waldarten. Die feuchten, Tiefland- und Bergregenwälder mit ihrem dichten Blätterdach reichen bis zum tropischen Nebelwald. Höher oben erstreckt sich der kühle, subalpine Wald mit wenigen niedrigen Bäumen.

Auf dem Berg zu Hause

In jedem Wald auf dem Kinabalu leben verschiedene Tiere und Pflanzen, die sich an ihren Lebensraum angepasst haben.

Tarsier
Dieser kleine Primat hat große Augen, damit er nachts sehen kann. Außerdem kann er seinen Kopf fast ganz herumdrehen.

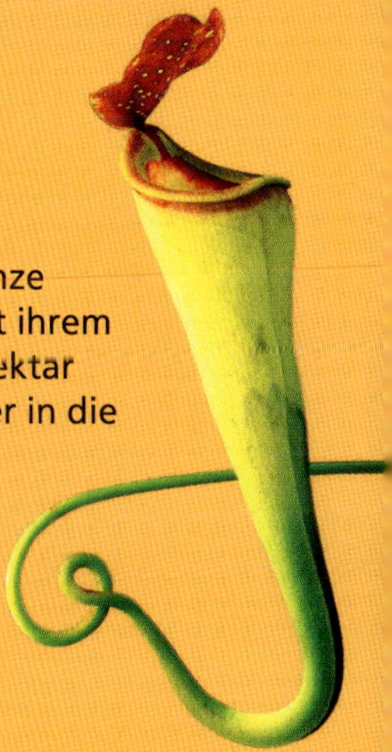

Kannenpflanze
Diese schöne Pflanze frisst Insekten. Mit ihrem süß riechenden Nektar lockt sie ihre Opfer in die Blüte.

Mit langen, starken Armen schwingt er sich von Baum zu Baum.

Kappengibbon
Diese Affen leben in Gruppen und bleiben mit ihren lauten Stimmen bei der Jagd miteinander in Kontakt.

Gelbbauch-Laubsänger
Dieser kleine Vogel sucht im Unterholz nach Insekten und anderen wirbellosen Tieren, die er fressen kann.

Silberner Haubenlangur

Silberne Haubenlangure leben in Südostasien. Damit sie aus der Gruppe herausstechen, werden die Babys mit leuchtend orangefarbenem Fell geboren. Alle Weibchen kümmern sich gemeinsam um den Nachwuchs.

Darwin-Nasenfrosch

Darwin-Nasenfrösche leben in Südamerika. Die Jungen werden von ihren Vätern aufgezogen. Die Männchen legen die Eier in ihre Stimmsäcke, um sie zu schützen. Sobald die Fröschlein geschlüpft sind, spuckt das Männchen sie auf den Waldboden aus.

Familien im Wald

Einige Tiere leben in Familiengruppen, um im Wald besser überleben zu können. In der Gruppe können die Jungen einfacher versorgt und geschützt, das Revier verteidigt und die Nahrung schneller gefunden werden.

Halsbandpekari

Diese schweineähnlichen Tiere leben in Mittel- und Südamerika in großen Familienverbänden, den sogenannten Rotten. Sie suchen gemeinsam nach Nahrung und fressen und schlafen zusammen. Die Pekaris bellen, um sich gegenseitig vor Gefahren durch Raubtiere zu warnen.

Termiten

Diese sozialen Insekten leben überall auf der Welt in Kolonien. Jede Termite hat eine eigene Aufgabe, wie die Pflege der Eier, die Aufzucht der Jungen, den Bau des Hügels oder die Nahrungssuche.

Die Termitenkönigin ist größer als alle Arbeiterinnen. Sie ist die Einzige, die Eier legt.

Pekaris schnüffeln auf dem Waldboden herum und suchen nach Nahrung.

Termitenhügel sind voller Tunnel und Kammern.

Familienfreunde

Manche Vögel schließen sich zusammen, wenn Wälder abgeholzt werden und sich die Nahrungssuche dadurch erschwert. Gemeinsam können sie schneller Nahrung finden und sich gegenseitig vor Gefahren warnen

Karminhabia
Ameisen sind die Lieblingsspeise dieser Vögel.

Schlankschnabel-Baumsteiger
Diese Vögel lieben Käfer und Ameisen.

Halsband-Blattspäher
Diese Vögel leben in Brasilien und fressen gerne Käfer.

Waldvögel

Vögel spielen eine wichtige Rolle im Waldleben. Überall auf der Welt kann man sie dabei beobachten, wie sie in der Laubstreu picken oder über die Baumwipfel fliegen. Viele Vögel bauen ihre Nester hoch in den Bäumen, um ihre Küken vor Raubtieren zu schützen. Indem sie sich von baumfressenden Insekten ernähren und die Baumsamen verstreuen, helfen sie den Bäumen, auch an anderen Stellen des Walds zu wachsen.

DUNENSPECHT

Lebensraum: Laubbäume in den Wäldern Nordamerikas

Nahrung: Maden und Insekten, die sie aus dem Inneren von Baumstämmen herausklopfen

Interessant: Dieser Specht kann 40-mal pro Sekunde picken. Sein Schnabel ist fest mit seinem Schädel verbunden, um Stöße abzufangen und sein Gehirn zu schützen.

ANDENFELSENHAHN

Lebensraum: Nebelwälder in Südamerika

Nahrung: Früchte, Beeren und kleine Wirbeltiere

Interessant: Während der Paarungszeit führen die Männchen einen Tanz auf, um die Weibchen anzulocken. Sie hüpfen von Ast zu Ast und wippen mit dem Kopf im Takt.

KIEFERNKREUZSCHNABEL

Lebensraum: Nadelwälder in Nordeuropa und Großbritannien

Nahrung: Samen, Knospen und Triebe von Bäumen – Kiefern lieben sie besonders

Interessant: Dieser Vogel ist eine Finkenart. Sein Schnabel ist speziell angepasst, um die Kiefernsamen aus den Zapfen zu picken.

RIESENTURAKO

Lebensraum: Kronendächer afrikanischer Regenwälder

Nahrung: Hauptsächlich Früchte, Beeren und Blätter – manchmal auch wirbellose Tiere

Interessant: Diese Vögel können nicht besonders gut fliegen. Meist hüpfen sie in den Bäumen von Ast zu Ast.

WOW!

Wild lebende Pfaue versammeln sich oft in größeren Schwärmen.

FISCHERTUKAN

Lebensraum: Tropische Regenwälder Südamerikas

Nahrung: Samen und Früchte, Beeren, Insekten und Eier anderer Vögel

Interessant: Der Schnabel eines Tukans ist sehr leicht. Deshalb kann der Vogel spielend sein Gleichgewicht halten. Der Schnabel ist aus Keratin – ein Material, aus dem auch die Nägel und Haare des Menschen bestehen.

SCHNEE-EULE

Lebensraum: Polare Waldgebiete, auch Alaska, Kanada und Sibirien

Nahrung: Lemminge sind ihre Favoriten, aber auch Mäuse, Vögel und Fische

Interessant: Schnee-Eulen sind die größten Vögel in der Arktis. Sie haben ein gutes Sehvermögen und scharfe Krallen, um ihre Beute im Schnee zu finden und zu töten.

Wohnen im Wald

Wälder bieten Schlaf- und Schutzplätze für viele verschiedene Tiere. Manche von ihnen leben in Nestern hoch oben in den Baumkronen, andere graben sich tief in den Boden ein. Alle Behausungen im Wald müssen sicher vor Raubtieren und gut isoliert sein, um die Kälte fernzuhalten. Hier sind einige Beispiele für Plätze im Wald, an denen sich Tiere nach einem anstrengenden Tag oder einer langen Nacht ausruhen.

Höhle graben

Dachse leben in den gemäßigten Wäldern Europas und sind Meister im Graben. Mit ihren kräftigen Krallen können sie sich wunderbar in den Boden buddeln. Ein Dachsbau besteht aus mehreren unterirdischen Tunneln und Höhlen.

Leben in der Höhe

Nördliche Wieselmakis gibt es nur auf der Insel Madagaskar vor der Küste Afrikas. Sie leben ihr ganzes Leben hoch über der Erde und bauen ihre Nester in Baumhöhlen. Diese Lemuren sind nachtaktiv, das heißt, sie schlafen den ganzen Tag und sind nachts wach.

Pinguinparade

Snaresinselpinguine leben an der Küste Neuseelands. Jedes Jahr im September wandern sie bis zu 900 Meter ins Landesinnere, um einen sicheren Platz für die Eiablage zu finden. Sie watscheln auf ausgetretenen Pinguinpfaden zu den Wäldern, wo ihre Eier vor Raubtieren sicher sind, bis ihre Jungen einige Monate später schlüpfen.

Eine Kolonie von Snaresinselpinguinen auf Wanderschaft durch den Wald

Bett aus Blättern

Orang-Utans leben in den Wäldern von Borneo und Sumatra (Asien). Sie bauen jede Nacht sorgfältig ein neues Nest aus Blättern, in dem sie schlafen. Die Jungtiere lernen von ihren Eltern, wie man ein Nest baut, damit sie später ihr eigenes bauen können.

Baumhaus

Die Harpyie hat eine Flügelspannweite von 2 Metern und ihre Krallen sind so groß wie die eines Bären. Weibliche Greifvögel können bis zu 9 Kilogramm wiegen, also muss das Nest sehr stabil sein! Sie bauen es hoch oben in einen Urwaldriesen und nutzen dasselbe Nest viele Jahre lang.

Nahrungskette

Alle Waldbewohner sind im Hinblick auf ihre Nahrung voneinander abhängig. Dies kann in einer Nahrungskette dargestellt werden. Alle Nahrungsketten brauchen Produzenten, Konsumenten und Destruenten, um gut zu funktionieren. Wenn nur ein Teil der Nahrungskette wegfällt, kann es passieren, dass viele Tiere hungern müssen!

Produzent

Die Nahrungskette beginnt mit einem Produzenten, meist einer grünen Pflanze. Pflanzen sind Produzenten, weil sie ihre eigene Nahrung aus Wasser und Sonnenlicht herstellen.

Vervollständige die Nahrungsketten

Vervollständige die Nahrungsketten anhand der Hinweise und untenstehenden Texte.

1 

Grille
In den Wäldern gibt es viele dieser zirpenden Primärkonsumenten. Sie fressen gerne Pflanzen.

2 

Hase
Die Zähne dieser Pflanzenfresser wachsen ständig nach, da sie durch das viele Gras, das sie fressen, abgenutzt werden.

3 

Maden
Diese zappelnden Kreaturen sehen aus wie kleine Würmer. Sie fressen totes Fleisch und zersetzen so den Tierkörper.

4 

Gras
Gras ist ein Produzent, von dem sich weltweit viele Pflanzenfresser ernähren.

5 

Frosch
Ohne diese glitschigen Fleischfresser gäbe es viel zu viele Insekten und Schädlinge auf der Welt.

A

Blatt

B

?

Hinweis: Nahrungsketten beginnen mit einer Pflanze.

C

Samen

Samen sind Pflanzenteile.

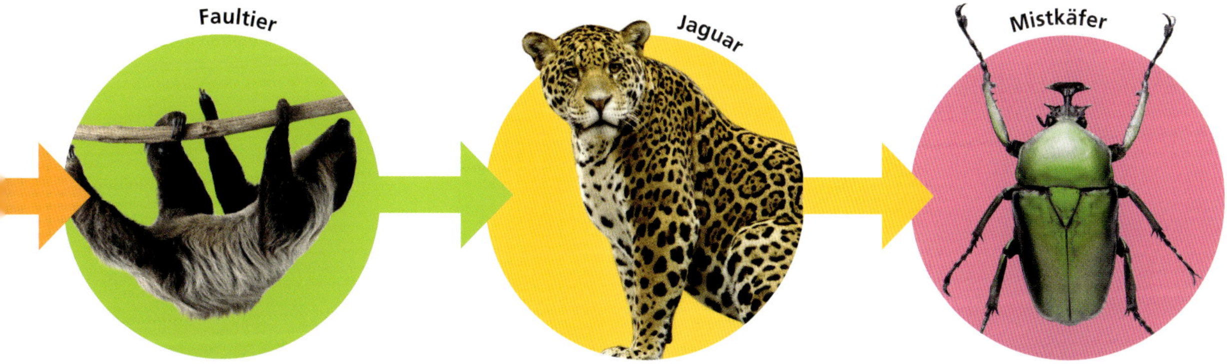

Primärkonsument

Primärkonsumenten ernähren sich von Produzenten. Viele Primärkonsumenten werden als Pflanzenfresser bezeichnet, weil sie nur Pflanzen fressen.

Sekundärkonsument

Sekundärkonsumenten ernähren sich von Primärkonsumenten. Sie sind Fleischfresser, also Raubtiere, die ihre Beute jagen und fressen.

Destruent

Destruenten zersetzen und fressen tote Pflanzen und Tiere. Dadurch setzen sie Nährstoffe frei, die vom Boden aufgenommen werden können.

Antworten: A3 B4 C1

Erstaunliche Wälder

Wälder sind sehr vielfältig und jeder einzelne ist besonders. Einige Wälder beherbergen mehrere Tausend Jahre alte Bäume und andere wachsen unter Wasser! Es gibt viel zu lernen über diese faszinierenden Lebensräume.

! WOW!

Satellitenbilder zeigten bis dahin unbekannte Wälder in Afrika.

Kahle Nadelbäume im Caddo-See (USA)

Versunkener Wald

Seit Tausenden von Jahren wachsen Bäume aus diesem See. Sie haben spezielle Poren über der Wasseroberfläche. Die Luft, die in sie eindringt, gelangt zu den Wurzeln, sodass die Bäume unter Wasser überleben können.

Krummer Wald

Niemand weiß, warum diese Bäume in der Nähe des Bodens verbogen sind. Eine Theorie besagt, dass die Menschen die Bäume verformt haben, als sie jung waren, um ihr Holz für den Schiffsbau zu verwenden.

Gebogene Kiefern (Polen)

Naturschutzgebiet Maquipucuna (Ecuador)

Nebelwald

Das Kronendach dieses Walds ist in Nebel gehüllt. Hier ist es sehr heiß und der Wasserdampf, der aus den Blättern entweicht, lässt Wolken entstehen. Diese erzeugen dann Regen, der auf die Pflanzen fällt und sie wachsen lässt.

Bunter Wald

Die Rinde dieser Bäume schält sich zu verschiedenen Zeiten des Jahres ab. Jede Schicht hat eine andere Farbe, sodass immer neue Farben sichtbar werden. Rote, grüne und blaue Schichten ergeben einen Regenbogeneffekt und lassen den Wald wie ein Kunstwerk aussehen.

Regenbogen-Eukalyptus, Hawaii (USA)

Schutzgebiet Bristlecone Pine Forest (USA)

Antiker Wald

Der älteste Baum in diesem uralten Wald soll über 4000 Jahre alt sein und damit älter als die Pyramiden in Ägypten. Der genaue Standort des Baums wird geheim gehalten, damit die Menschen ihn nicht beschädigen.

Zusammenleben

Im Wald leben viele Tiere in Gruppen zusammen. Hier ist die Nahrung weit verstreut, weshalb die Größe einer Gruppe darüber entscheidet, wie viel Fläche abgesucht werden kann. Im Team ist es sogar möglich, größere Beutetiere zu erfassen und weniger wahrscheinlich selbst von Raubtieren angegriffen zu werden. Im Familienverband ist auch das Aufziehen der Jungtiere leichter.

Wolfsrudel
Wölfe leben in Rudeln zusammen und arbeiten als Team, um große Beute zu jagen. Das Rudel wird von einem erwachsenen Paar angeführt.

Gemeinsam sicher

Viele Tiere leben in Gemeinschaften, um im Wald zu überleben. Große Gruppen arbeiten zusammen, um sich und ihre Jungen zu schützen.

Bison
Bisons schließen sich zu Herden zusammen. Bei Gefahr bilden sie einen Kreis um ihre Jungtiere, sodass diese vor Angreifern sicher sind.

Wanderameisen
Wanderameisen leben in riesigen Kolonien. Im Team können sie Beute jagen, die größer ist als sie selbst.

Siamangs
Siamangs sind Affen mit sehr lauten Stimmen. Sie leben in kleinen Familien in Südostasien und warnen sich bei Gefahr durch laute Rufe.

Siehst du mich?

Viele Tiere tarnen sich, um zu überleben. Wie alle Lebensräume ist auch der Wald voller Raubtiere auf der Suche nach ihrer nächsten Mahlzeit. So haben Käfer bis hin zu großen Säugetieren ihre eigenen Strategien entwickelt sich zu tarnen. Sie verbergen sich, indem sie entweder optisch mit dem Hintergrund verschmelzen oder wie etwas aussehen, das man nicht gerne frisst.

Verkleidung

Wenn der Indische Blattschmetterling auf einem Ast landet, zeigt er nur seine braunen Außenflügel: Er sieht aus wie ein totes Blatt. Beim Fliegen jedoch zeigt er seine wahren Farben und lässt seine leuchtend blauen Flügelinnenseiten aufblitzen.

Verstecken

Chamäleons können ihre Farbe mithilfe spezieller Zellen in ihrer Haut ändern. So können sie etwa anderen Chamäleons Botschaften senden und zeigen, in welcher Stimmung sie sich gerade befinden – etwa, dass sie wütend sind. Chamäleons wechseln ihre Farbe aber auch, um sich der Temperatur anzupassen: Wenn ihre Haut dunkler ist, kann sie mehr Wärme aufnehmen und das hilft ihnen, sich warm zu halten.

Täuschung

Okapis leben in tropischen Regenwäldern. Ihr Hinterteil hat weiße und braune Streifen, die die Umrisse ihres Körpers auflockern. Dadurch kann das Raubtier nicht so gut sehen, wie groß das Okapi ist. Außerdem fallen die Schatten der Bäume in Streifen, zwischen denen sich das Okapi versteckt.

Mimikry

Eine Möglichkeit der Tarnung ist es, wie etwas auszusehen, das niemand fressen will. Die Raupen des Ritterfalters sehen aus wie Vogelkot, der auf ein Blatt gefallen ist!

Verschmelzen

Das Fell einiger Tiere verändert sich im Laufe des Jahres. Ist der boreale Wald überall mit Schnee bedeckt, ist der Polarfuchs mit seinem weißen Fell kaum auszumachen. Sobald der Schnee schmilzt und der Boden zu sehen ist, färbt sich das Fuchsfell hellbraun.

Menschen im Wald

Millionen von Menschen leben noch heute in Stämmen im Wald. Ihr Leben hat sich seit Tausenden von Jahren kaum verändert. Viele von ihnen sind geschickte Jäger und wissen genau, welche Pflanzen Krankheiten heilen können.

Eine Iban-Stammesfrau flicht einen Korb aus Blättern.

STECKBRIEF

» **Volksgruppe:** Iban

» **Verbreitung:** Sarawak, Nord-Borneo (Malaysia)

Borneo-Wälder

Die Lebensweise der Iban ist bedroht, da ein Großteil ihres Walds für Ölpalmenplantagen gerodet wird. Einige Iban verdienen Geld, indem sie Touristen in ihren traditionellen Häusern, den sogenannten Langhäusern, übernachten lassen.

Obwohl sie sehr stinkt, ist die Durian eine der Lieblingsfrüchte der Iban.

Amazonas-Regenwald

Der Stamm der Yanomami hat etwa 20 000 Mitglieder und ist damit die größte Volksgruppe im Amazonasgebiet. Die Männer jagen im Wald und die Frauen bauen Getreide an und bereiten das Essen zu.

STECKBRIEF

» **Volksgruppe:** Yanomami

» **Verbreitung:** Amazonas-Regenwald (Brasilien)

Ein Yanomami-Jäger fischt mit Pfeil und Bogen.

Die Yanomami bauen Passionsfrüchte an, um sie auf den lokalen Märkten zu verkaufen.

Himalaja-Wälder

Die Gurung leben in den Bergwäldern Nepals und sind berühmte Honigjäger. Sie hängen an Strickleitern und räuchern die Bienen aus, um den Honig sammeln zu können, ohne gestochen zu werden.

STECKBRIEF

» **Volksgruppe:** Gurung

» **Verbreitung:** Himalaja-Wälder (Nepal)

Ein Honigjäger sammelt Honig mit einem Stock.

Jedes Nest enthält bis zu 60 Kilogramm Honig.

Wälder in Madagaskar

Der Wald ist eine Lebensader für den Stamm der Mikea auf Madagaskar. Er bietet Nahrung, Wasser und Schutz. Doch jedes Jahr wird der Wald kleiner. Er wird abgeholzt oder abgebrannt, um Platz für Ackerland zu schaffen.

Ein Mikea-Stammesangehöriger reibt eine saftige Pflanze, um Wasser zu gewinnen.

STECKBRIEF

» **Volksgruppe:** Mikea

» **Verbreitung:** Madagaskar (Ostafrika)

In Madagaskar werden Kattas (Lemuren) gejagt.

Schätze des Walds

Menschen und Tiere auf der ganzen Welt sind auf den Wald angewiesen. Von Lebensmitteln und Holz bis hin zu Medikamenten und Edelsteinen – der Wald ist Supermarkt, Holzlieferant, Apotheke und Juweliergeschäft der Welt! Hier zeigen wir dir einige der nützlichen Dinge, die aus dem Wald oder aus der Waldrandnähe kommen.

Medizin

Viele Medikamente werden aus Pflanzen gewonnen. Die Wissenschaft erforscht die Wälder und sucht nach Pflanzen, die natürliche Chemikalien enthalten, mit denen man Menschen heilen kann.

Kamille
Mit heißem Wasser aufgebrüht, ergeben diese Blüten einen wohltuenden Tee, der viele Krankheiten lindert.

Holunder
Aus den Blüten und Beeren dieses kleinen Strauchs werden viele heilende Getränke hergestellt.

Bärlauch
Die Blätter dieser Pflanze können den Blutdruck senken.

Preiselbeeren
Diese roten Beeren stecken voller Nährstoffe, die Infektionen bekämpfen können.

Holzschale
Aus Holz lassen sich nützliche Gegenstände wie Körbe, Fässer und Möbel herstellen.

Holz

Seit Tausenden von Jahren bauen die Menschen Möbel und ganze Häuser aus Holz und nutzen es als Brennstoff.

Mineralien

Mineralien wie Edelmetalle und Edelsteine werden in vielen Teilen der Welt im Boden von Regenwäldern gefunden. Der Abbau bedeutet jedoch, dass große Gebiete des Regenwalds abgeholzt werden.

Topas

Rubin

Gold

Smaragd

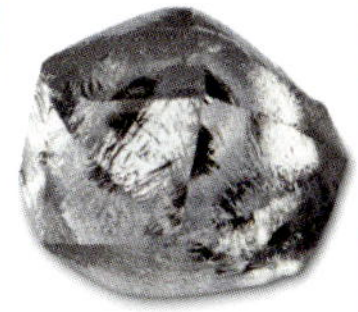

Diamant

Lebensmittel

Viele unserer Lebensmittel wachsen wild in den Wäldern. Um unsere Supermärkte mit großen Mengen beliefern zu können, bauen Landwirte sie jedoch auf Feldern und Plantagen an.

Ananas
Diese saftige Frucht wächst in den Tropen.

Trauben
Trauben brauchen volle Sonne. Wilde Beeren aber wachsen auch unterm Kronendach der Bäume – ein Festmahl für Vögel.

Bananen
In den Tropen wachsen über 1000 Sorten von Bananen. Viele davon sind in Europa unbekannt.

Tomaten
Die Tomate ist eine Frucht und kein Gemüse. Sie stammt aus Südamerika.

Pilze
Manche Pilze aus dem Wald sind essbar, andere sind tödlich.

Kakaobohnen
Jede Schokolade beginnt ihr Leben als Kakaobohne in tropischen Gebieten.

Jahreszeiten

In den gemäßigten Zonen der Welt gibt es vier Jahreszeiten im Jahr. Die Wälder in diesen Regionen sehen zu jeder Jahreszeit anders aus, weil die Bäume ihre Blätter abwerfen, um sich auf den Winter vorzubereiten. Für die Waldtiere ist der Winter schwierig. Viele ziehen weg oder halten Winterschlaf, um die kalten Monate zu überstehen.

Herbst

Bunte Blätter

Im Herbst färben sich die Blätter vieler Bäume rot, orange und gelb, wenn sie absterben und abfallen. Wenn die Tage kürzer und kälter werden, bereiten manche Tiere ihre Höhlen vor, während andere sich in wärmere Gefilde aufmachen.

Sommer

Üppiges Laub

Die Pflanzen wachsen und entwickeln sich weiter, sodass das Laub bald den Waldboden beschattet. Viele Pflanzen tragen Früchte, sodass es reichlich Nahrung für die Tiere und ihre Jungen gibt.

! ERSTAUNLICH!

Tropische Regenwälder haben nur zwei Jahreszeiten: eine Regenzeit und eine Trockenzeit.

Winterschlaf

Viele Tiere verbringen den Winter in einem schlafähnlichen Zustand, dem Winterschlaf. Sie verstecken sich zwischen Baumwurzeln, Steinhaufen oder im abgefallenen Laub und bleiben dort bis zum Frühling.

Igel im Winterschlaf

Schneefall

Viele Bäume haben ihre Blätter verloren und ihre Äste sind kahl. Es ist kalt, es kann frieren und schneien. Es wird schwer für Tiere, Nahrung zu finden.

Alles blüht

Waldbodenblumen, wie etwa das Blauglöckchen, brechen durch den Boden und fangen das Sonnenlicht ein, bevor an den Bäumen Blätter wachsen, die es aufhalten. Sobald es wärmer wird, beginnen die Tiere mit der Nahrungssuche und bekommen Junge.

Insekten

In den Wäldern leben Tausende von verschiedenen Insektenarten, die alle eine wichtige Rolle spielen. Insekten helfen vielen Bäumen und anderen Waldpflanzen Samen zu bilden, aus denen neue Pflanzen wachsen können. Sie fressen auch tote Bäume und geben die Nährstoffe aus dem Holz wieder an den Boden ab.

Ein Sperling knabbert an einer Ameise.

Wichtig im Wald

Insekten sind wichtig für das Überleben des Walds und seiner Tiere. Sie sind Teil vieler Nahrungsketten und dienen als Beute für Tiere wie zum Beispiel Vögel, Mäuse und Frösche. Manche Insekten leben selbst räuberisch. Die Gottesanbeterin etwa ist eine meisterhafte Jägerin und frisst andere Insekten sowie Spinnen.

Bei der Samenbildung helfen

Bienen und andere Insekten helfen den Pflanzen Samen zu bilden. Sie schlürfen Nektar, die süße Flüssigkeit, die von Blüten produziert wird, und nehmen dabei Pollenkörner auf. Dann verbreiten sie die Pollen auf andere Blüten, die ihn zur Samenbildung nutzen.

Pollen klebt am Körper eines Schmetterlings.

Dryadula phaetusa

Rosenkäfer

Wespe

Tote Bäume fressen

Viele Insekten ernähren sich von totem Holz. Borkenkäfer bohren Löcher in den Baum und legen dort ihre Eier ab. Ihre Jungen fressen dann die Rinde und das Holz. Durch die Löcher können andere Insekten in das Holz eindringen und sich dort ebenfalls ernähren.

Nährstoffe wiederverwenden

Wenn ein Insekt, wie etwa ein Hirschkäfer, Holz frisst, verdaut es dieses in seinem Darm. Einige der Nährstoffe helfen dem Insekt zu wachsen, andere werden mit dem Kot ausgeschieden. Dieser wird zu fruchtbarem Boden, den Pflanzen zum wachsen brauchen.

Die Holzwespe nutzt ihren Stachel zur Eiablage.

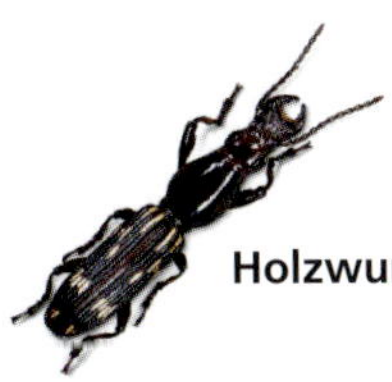

Prachtkäfer legen ihre Eier in verbrannte Bäume.

Migration

Pflanzen und Tiere im Wald haben viele Wege gefunden, um zu überleben. Manche Tiere machen lange Wanderungen, sogenannte Migrationen, und ziehen von Ort zu Ort. Sie sind auf der Suche nach Wasser, Nahrung und Wärme und kehren an die für sie besten Orte zurück, um ihre Jungen zur Welt zu bringen. Viele dieser Tierwanderungen finden jedes Jahr erneut statt. Auch die Wälder selbst können wandern, allerdings dauert das viele Tausend Jahre.

Hilfe für den Wald

Die Abholzung durch den Menschen gefährdet viele Wälder als Lebensraum. Deshalb ist die Arbeit von Förstern so wichtig. Sie kümmern sich um das Pflanzen von Setzlingen, also jungen Pflanzen. Dieser Vorgang wird Aufforstung genannt.

Setzlinge pflanzen

Wald

Im Laufe der Jahrtausende hat sich das Klima auf der Erde verändert und viele Wälder sind an neuen Orten entstanden. Das wärmere Klima hat viele Bäume, die kalte Orte bevorzugen, dazu bewegt, weiter nördlich wachsen.

Waldkaribus

Waldkaribus kommen in Nordamerika, Russland und Nordeuropa vor. Jeden Sommer wandern sie fast 1000 Kilometer in andere Wälder, um sich dort von jungen, saftigen Gräsern zu ernähren.

Schirmvögel

Diese tropischen Regenwaldvögel, die in Südamerika leben, ziehen in die hohen Berge, um sich zu paaren. Danach kehren sie in die tiefer gelegenen Gebiete des Regenwalds zurück und legen dort ihre Eier.

Monarchfalter

Monarchfalter, die in den östlichen Staaten der USA leben, wandern mehr als 4000 Kilometer in den warmen Süden bis nach Mexiko. Hier fressen und überwintern sie, bevor sie nach Norden zurückkehren, um ihre Eier zu legen.

Vom Winde verweht
Die Samen vieler Bäume sind speziell so geformt, dass der Wind sie über weite Strecken tragen kann. Wenn dort, wo sie landen, die richtigen Wachstumsbedingungen herrschen, entstehen neue Wälder.

Sprinter
Karibus können bis zu 80 Stundenkilometer schnell laufen, wenn sie unterwegs sind oder vor Raubtieren wie Wölfen fliehen.

Tolle Frisur
Schirmvogelmännchen stellen sich zur Schau, um Weibchen anzulocken. Sie heben ihren Kopf und strecken ihre Hälse oder Kehllappen, um ein lautes, dröhnendes Geräusch zu erzeugen.

Auf den richtigen Baum
Monarchfalter wandern jedes Jahr zu denselben Bäumen in den Wäldern Mexikos. Jedes Jahr machen sich andere Schmetterlinge zum ersten Mal auf die Reise. Aber sie wissen immer genau, wohin sie zurückkehren müssen.

Geräusche des Walds

Röhren, summen, kreischen, schreien, brüllen! Im Wald kann es sehr laut sein. Die Tiere können sich zwischen den dichten Bäumen oft nicht sehen oder gegenseitig finden. Deshalb kommunizieren sie mit Geräuschen.

Zirpende Zikade

Diese Insekten sind weltweit verbreitet und zirpen mit einem Körperteil, nämlich dem Becken. Allerdings hört man nur die männlichen Zikaden, die auf diese Weise die Weibchen anlocken.

Jede Zikadenart hat ihr eigenes Lied.

Röhrender Hirsch

Rothirsche leben in Europa, Asien und Nordamerika. Die Männchen sind dafür bekannt, dass sie während der Brutzeit laut brüllen. Damit locken sie die Hirschkühe an und verscheuchen andere männliche Hirsche.

Schnurrender Katta

Kattas schnurren den anderen Mitgliedern ihrer Gruppe zu. Mit diesem beruhigenden Geräusch knüpfen sie enge Bande. Sie kommen nur auf Madagaskar vor und haben mehr als 30 verschiedene Rufe, von denen jeder eine andere Botschaft signalisiert.

Alarmrufe sind für die Sicherheit wichtig.

Brüllaffe

Die in Mittel- und Südamerika lebenden Brüllaffen heulen jeden Morgen in Gruppen – sogenannte Trupps. Mit ihrem Geheul zeigen sie anderen Tieren, dass dieser Teil des Walds ihnen gehört. Sie suchen sich meist Gebiete aus, in denen es viele ihrer Lieblingsfrüchte gibt.

Die Klicks sagen Raubtieren: „Ich bin nicht lecker!“

Klickende Motte

Motten wie die Bärenspinner können hohe Klicklaute von sich geben, um Raubtiere wie Fledermäuse zu verscheuchen. Diese Motten leben in Europa, Asien und Nordamerika und einige von ihnen können 4500-mal pro Sekunde klicken!

Brüllender Gorilla

Durch lautes Gebrüll und bedrohliches Aussehen beschützt der afrikanische Silberrücken-Gorilla seine Gruppe. Er brüllt, reißt an Ästen und springt herum, um sein Revier zu verteidigen.

Dieser Gorilla zeigt drohend seine Zähne.

Elefantengepolter

Asiatische Waldelefanten können sich durch Rufe über mehrere Kilometer hinweg miteinander verständigen. Diese Geräusche sind so tief – tieffrequent – , dass Menschen sie nicht immer hören können.

Wandern im Wald

Wälder sind faszinierend, aber man kann sich in einem Wald auch schnell verlaufen. Diese hilfreichen Tipps zeigen dir, wie du dich in einem Wald zurechtfindest. Achte immer darauf, dass du dich an den Waldcode hältst!

Suche einen Fluss oder Bach.

Folge dem Wasser

Städte, Dörfer und Campingplätze befinden sich meist an einem Fluss. Wenn du einem Bach oder Fluss flussabwärts folgst, wirst du wahrscheinlich auf eine Siedlung stoßen.

Bestimme den Süden.

Sieh nach der Sonne

Du kannst nicht nur einen Kompass nutzen, sondern auch mithilfe einer Uhr und der Sonne den Süden finden. Richte den Stundenzeiger auf die Sonne aus. Der Mittelpunkt zwischen dem Stundenzeiger und der 12-Uhr-Position zeigt nach Süden.

Bestimme den Norden.

Suche nach Flechten

Auch Flechten und Moose können dir helfen, dich zu orientieren. Sie mögen Schatten und wachsen daher meist an der Nordseite von Bäumen.

Suche nach einer Straße.

Nutze den Schatten

Stecke einen Stock in den Boden und markiere das Ende seines Schattens. Wiederhole dies nach 15 Minuten. Die Linie zwischen diesen beiden Markierungen verläuft von Westen nach Osten.

Bestimme Westen und Osten.

Klettere auf einen Baum

Klettere vorsichtig auf einen niedrigen Baum und schau dich um: Eine Lücke in den Baumkronen bedeutet, dass es dort eine Straße, einen Fluss oder eine Lichtung gibt.

Hinterlasse Markierungen.

Markiere den Weg

Hinterlasse kleine Steinhaufen oder Zweige entlang deines Wegs. Diese Markierungen können dir den Rückweg weisen, wenn du dich verlaufen hast.

Sieh in den Himmel.

Nutze die Sterne

Nachts kannst du dich an den Sternen orientieren. Auf der Nordhalbkugel zeigt der Polarstern nach Norden. Auf der Südhalbkugel kann dir das Kreuz des Südens den Weg nach Süden weisen.

Waldcode

- Gehe immer in einer Gruppe. ☑
- Sage jemandem, wohin du gehst und wann du zurückkommst. ☑
- Nimm einen Kompass mit. ☑
- Nimm ein (geladenes) Handy mit. ☑
- Nimm reichlich Essen und Wasser mit. ☑
- Nimm eine Karte mit. ☑
- Trage bequeme Schuhe und Kleidung. ☑

Nationalpark Grand Teton

Seit seiner Eröffnung im Jahr 1929 haben Millionen von Menschen den Nationalpark Grand Teton in Wyoming (USA) besucht. Der Park ist einer der größten gemäßigten Wälder der Welt und bietet eine Waldlandschaft, die seit der Urzeit unverändert geblieben ist.

Förster mit Besuchern

Wichtiger Job
Zu den Aufgaben eines Försters gehören der Schutz der Wildtiere und die Bekämpfung von Bränden. Außerdem führt er Besucher durch den Park.

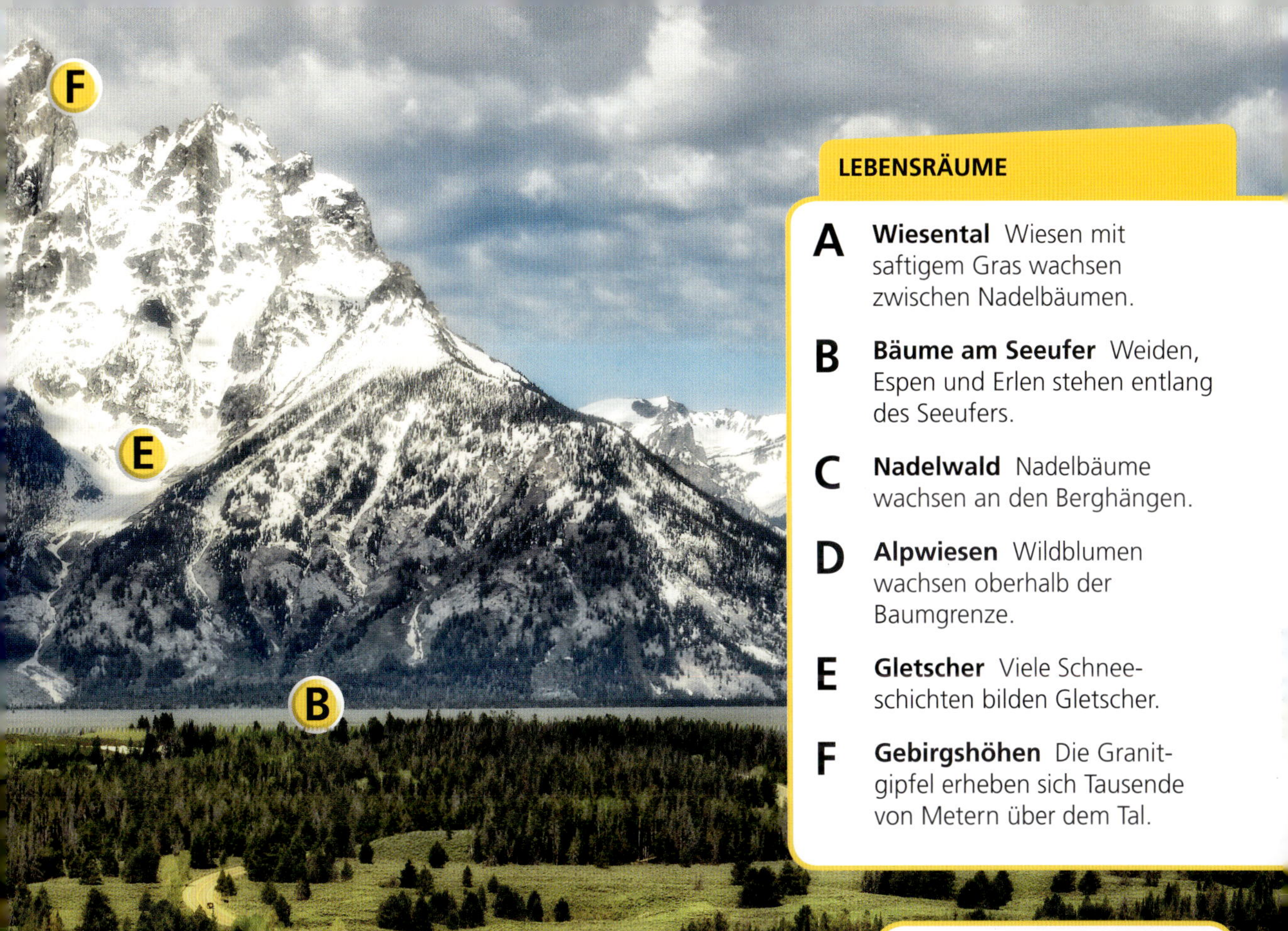

LEBENSRÄUME

A **Wiesental** Wiesen mit saftigem Gras wachsen zwischen Nadelbäumen.

B **Bäume am Seeufer** Weiden, Espen und Erlen stehen entlang des Seeufers.

C **Nadelwald** Nadelbäume wachsen an den Berghängen.

D **Alpwiesen** Wildblumen wachsen oberhalb der Baumgrenze.

E **Gletscher** Viele Schneeschichten bilden Gletscher.

F **Gebirgshöhen** Die Granitgipfel erheben sich Tausende von Metern über dem Tal.

Weißkopfseeadler

Biber

Tiere im Teton
Im Grand Teton leben viele Tiere. Raubtiere wie Bären, Wölfe und Adler jagen Beutetiere wie Elche, Biber und Kaninchen.

Wolf

Indigene Völker

Dieses Foto zeigt Heebe-tee-tse, der dem Stamm der Shoshonen angehörte. Das Grand Teton Gebiet war jahrtausendelang Zuhause vieler Stämme, darunter auch der Shoshonen, die dort im Einklang mit der Natur lebten.

Waldbrände

Brennende Wälder setzen klimaschädliches Kohlendioxid frei und bedrohen das Leben vieler Arten. Wenn sie natürlich durch zum Beispiel einen Blitzeinschlag entstehen, sind Waldbrände aber wichtig für die Erneuerung des Lebensraums.

! WOW!

Der Mensch ist für über 90 Prozent der Waldbrände verantwortlich.

Erdboden

Nach einem Brand ist alles von einer dicken, nährstoffreichen Ascheschicht bedeckt. Diese Asche vermischt sich mit dem Boden und neue Pflanzen wachsen.

Samen

Kiefernsamen beginnen in der Hitze eines Waldbrands zu wachsen. Sobald das Feuer gelöscht ist, sprießen neue Triebe aus dem Boden.

Totes Holz

Totes, verbranntes Holz hat viele Ritzen, die einen idealen Unterschlupf für viele kleine Tiere wie Mäuse, Reptilien und Vögel bieten.

Feuriges Festmahl

Wenn ein Waldbrand erloschen ist, kommen viele Tiere auf der Suche nach Nahrung hierher.

Borkenkäfer Dieser grabende Käfer ernährt sich von dem verbrannten Holz.

Schwarzrückenspecht Dieser Vogel ernährt sich von Insekten im Holz.

Geier Dieser Vogel frisst die Tiere, die das Feuer nicht überlebt haben.

Neue Bäume

Mit der Zeit wachsen Gräser, Sträucher und dann kleine Bäume aus dem Waldboden und die verbrannte Erde ist nicht mehr zu sehen.

Wald

Manche Wälder brauchen Hunderte von Jahren, bis sie nach einem Feuer vollständig nachgewachsen sind. Kiefernwälder erholen sich bereits nach 40 Jahren.

Abholzung und Naturschutz

Wälder sind wichtig für uns und die Gesundheit unseres Planeten. Allerdings werden jedes Jahr große Waldflächen abgeholzt, um Platz für Ackerland und Wohnungen zu schaffen – das nennt man Entwaldung. Doch unsere Wälder müssen geschützt werden und wir alle können etwas tun.

Abholzung

Flächen für Tiere

Für viele Menschen gehört Fleisch zur Ernährung. Damit die großen Kuhherden weiden können, werden ganze Wälder abgeholzt. Du kannst helfen, indem du häufiger oder ganz auf Fleisch verzichtest.

Vieh auf einer Weide

Holzprodukte

Für die Herstellung von Papier und Möbeln werden viele Bäume abgeholzt. Suche erst nach gebrauchten Möbeln, bevor du neue kaufst.

Holzkommode

Palmöl

Mangroven- und Regenwälder werden abgeholzt, um Platz für Ölpalmenplantagen zu schaffen. Palmöl wird für viele Produkte wie Shampoo, Seife und Schokolade benötigt.

Palmölfrüchte

Aloe Vera

Nützliche Pflanzen

Einige Pflanzen produzieren gesundheitsfördernde Öle. Wenn wir mehr über Pflanzen und ihre Bedeutung für den Menschen lernen, sind wir eher bereit ihre Lebensräume zu schützen.

Eukalyptus

New-Forest-Nationalpark (England)

Schutzgebiete

Nationalparks sind Schutzgebiete für Tiere und Pflanzen. In diesen Parks dürfen die Menschen keine Bäume fällen oder Vieh weiden lassen.

Eine kleine Eiche beginnt zu wachsen.

Aufforstung

Unternehmen arbeiten mit Naturschutzverbänden zusammen, um die Wälder zu schützen. Für jeden Kauf, wird ein neuer Baum gepflanzt.

Naturschutz

Recyceln

Durch das Recyceln von Papier, und anderen aus Holz hergestellten Produkten, kann man die Abholzung weiterer Bäume vermeiden. Alte Karten, Geschenkpapier und Zeitschriften können recycelt und zu neuen Produkten verarbeitet werden.

Interview

Julian Seybold hat Forstwirtschaft studiert und durchläuft gerade ein zweijähriges Ausbildungsprogramm zum Förster im Landkreis Ludwigsburg (Baden-Württemberg). Wir haben ihm Fragen zu seinem Beruf gestellt und wollten wissen, warum die Arbeit von Förstern so wichtig ist.

Woher kommt deine Begeisterung für den Wald?

Ich bin auf einem Bauernhof aufgewachsen und habe als Kind viel Zeit in der Natur verbracht. Wälder faszinieren mich wegen ihrer vielen Funktionen. Sie sind Lebensraum für Tiere, Pflanzen und Pilze, liefern uns Holz, sind Erholungsort für Menschen und unglaublich wichtig im Kampf gegen den Klimawandel.

Wusstest du schon immer, dass du Förster werden willst?

Nein, ich habe nach der Schule erst eine andere Ausbildung gemacht und im Büro gearbeitet. Dann wurde mir klar: Das ist nichts für mich, ich möchte lieber in der Natur arbeiten. Bei einer Info-Veranstaltung habe ich den Beruf des Försters näher kennengelernt und war begeistert!

Wie wird man Förster?

Ich habe Forstwirtschaft studiert und mich danach auf das zweijährige Ausbildungsprogramm zum Förster bei der unteren Forstbehörde im Landkreis Ludwigsburg beworben. Unsere Hauptaufgabe ist die Betreuung des Gemeinde- und Privatwaldes.

Was lernst du in deiner Ausbildung?

Neben den Aufgaben eines Försters, der für ein Revier zuständig ist, lerne ich viele andere Bereiche kennen: zum Beispiel den Holzanbau und -verkauf, welche Baumarten es gibt und wie Förster Wälder schützen können. Waldpädagogik gehört auch dazu. Dabei geht es darum, Kinder und

Bienen sind unabdinglich für Wälder. Weil sie vom Aussterben bedroht sind, helfen Imker, wie Julian, bei der Pflege von Bienenvölkern.

Erwachsene für den Wald zu begeistern. Bei Ausflügen in den Wald erkläre ich seine Funktionen und wie man sorgsam mit der Natur umgeht.

Wie sieht der Alltag eines Försters aus?

Die meisten Förster arbeiten auch mal im Büro. Dort planen sie Waldbesuche, Baumernten oder bestellen Arbeitsmaterial. Im Wald selbst hängt die Arbeit von der Jahresszeit ab. Im Frühjahr wird entschieden, welche Bäume wo gepflanzt werden sollen. Im Sommer werden die Pflanzflächen vorbereitet. Die Holzernte steht im Herbst und Winter an.

Warum sind Förster so wichtig?

Förster machen Wälder klimafit! Sie müssen 150 Jahre vorausdenken und die Wälder so verändern, dass sie dem zukünftigen Klima standhalten. Das ist deshalb so wichtig, weil Bäume Kohlendioxid binden, das sonst in die Atmosphäre gelangt und die Erde immer weiter erwärmt. Eichen zum Beispiel traut man zu, in Zukunft gut zu bestehen, deshalb werden sie eher gepflanzt als Fichten. Wichtig ist am Ende aber eine gute Mischung aus verschiedenen Baumarten.

Was ist das Besondere an deinem Beruf?

Durch den Waldbau kann ich ein Stück Zukunft mitgestalten. Mich reizt die Herausforderung, den Wald so zu bewirtschaften, dass auch kommende Generationen ihn genießen und von ihm leben können. Schön ist auch, dass ich viel Zeit ich in der Natur verbringe und ich meinen Arbeitstag selbst planen kann.

Zur Ausrüstung eines Försters gehört auch ein Fernglas.

Spielt der Wald in deiner Freizeit auch eine Rolle?

Ja, ich gehe gerne im Wald wandern und joggen. Auf Reisen im Ausland bin ich besonders neugierig auf die Wälder. Die Bäume im warmen Mittelmeerraum verraten zum Beispiel, wie unsere Wälder in Zukunft aussehen könnten: weniger hoch und dicht, dafür mit größeren Kronen.

Die Krone ist der „Motor" des Baums. Sie dient dem Stoffwechsel sowie dem Nährstoff- und Wassertransport. Größere Kronen bedeuten bei klimatisch widrigeren Bedingungen eine höhere Überlebensfähigkeit.

Fakten und Rekorde

Die Wälder der Welt sind faszinierende Orte voller Leben. Hier findest du einige erstaunliche Fakten über den Wald, die du bestimmt noch nicht kennst.

Braunohr-arassari

33 %

aller **Vogelarten der Welt** leben im **Amazonas-Regenwald** (Brasilien).

Mehr als **20 %** des weltweiten **Sauerstoffs** wird im **Amazonas-Regenwald** (Brasilien) produziert.

Die meisten **Waldbäume** müssen alle **50 bis 100 Jahre** einem **Feuer** ausgesetzt sein, damit sie **wachsen** können.

50

Fußballfelder Wald pro Minute gehen jeden Tag verloren, weil so viele Bäume gefällt werden.

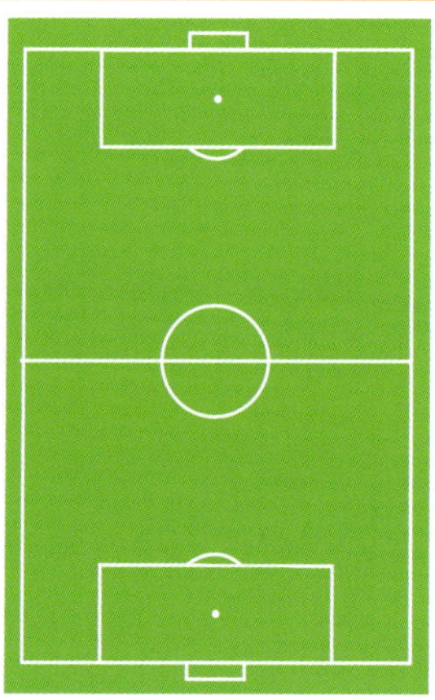

25 %

der heute verwendeten Medikamente werden aus Rohstoffen aus den Regenwäldern hergestellt.

Die Camu-Camu aus dem Amazo
gebiet steckt voller Vitamine.

Ein alter Baum liefert den **Tagesbedarf an Sauerstoff** für bis zu **26 Personen**.

Wald bedeckt 30 % der Landfläche der Erde.

Wenn du einen **Baumstumpf** findest, kannst du herausfinden, wie alt der Baum war, indem du die **Jahresringe** zählst.

Ein **fallender Regentropfen** kann **10 Minuten** benötigen, um von der **Baumkrone zum Waldboden** zu gelangen.

Der **höchste Baum** der Welt ist der **Mammutbaum Hyperion**. Er misst fast **116 Meter**. Das ist so hoch wie rund **20** zweistöckige **Häuser** mit Flachdach, die übereinandergestapelt sind.

100

Jahre wird es vielleicht dauern, bis es keine Regenwälder mehr gibt.

280

Insektenarten kann eine Eiche beherbergen.

Waldbrettspiel

2

Tonnen Holz ergeben 1 Tonne Papier.

Begriffe

Die folgenden Begriffe werden häufig verwendet, wenn es um den Wald geht.

Aasfresser Tier, das sich von den Fleischresten eines toten Tiers ernährt.

angepasst Wenn sich ein Lebewesen so entwickelt, dass es besser überleben kann. Die dicken Federn eines Pinguins etwa halten ihn an eisigen Orten warm.

Arten Bestimmte Tiere oder Pflanzen, die gemeinsame Merkmale haben und Nachkommen zeugen können.

Artenvielfalt Vielfalt der Pflanzen und Tiere, die in einem Gebiet leben.

Äquator Imaginäre Linie um den Erdmittelpunkt, die vom Nord- und Südpol gleich weit entfernt ist.

Bakterien Winzige Lebewesen, die überall auf der Erde zu finden sind, etwa in Lebensmitteln, im Boden oder sogar im menschlichen Körper.

Beute Tier, das gejagt wird, um gefressen zu werden.

Brennstoff Substanz, die zur Erzeugung von Wärme oder Strom verbrannt wird.

Destruent Lebewesen, oft ein Pilz, der tote Materie abbaut, um Nährstoffe zu gewinnen.

Entwaldung Zerstörung von Wäldern.

Flechten Pilzart, die in einer Partnerschaft mit einer Alge oder einem Bakterium lebt.

Fleischfresser Tier, das nur Fleisch frisst.

Fossil Überreste eines toten Tiers oder einer Pflanze, das im Lauf der Zeit versteinert wurde.

gefährdet Wenn eine Tier- oder Pflanzenart vom Aussterben bedroht ist.

gemäßigt Wenn ein Gebiet oder ein Klima milde Temperaturen aufweist.

Herde Gruppe von Tieren.

isoliert Wenn etwas mit einem Material bedeckt ist, durch das Wärme oder Kälte nicht so leicht durchdringen können.

Klima Bestimmte Wetterbedingungen eines Gebiets.

Konsument Tier, das Pflanzen oder andere Tiere frisst.

Laubbaum Baum, der im Winter seine Blätter verliert.

Lebensraum Ort, an dem ein Lebewesen oder Organismus lebt. Beispiele sind Wüsten, Korallenriffe oder der Regenwald.

Migration Regelmäßige Wanderung von Tieren, entweder um Nahrung zu suchen oder um sich fortzupflanzen.

Mimikry Nachahmen von Verhalten oder Aussehen eines anderen Tiers.

nachhaltig Wenn etwas für lange Zeit genutzt werden kann.

nachtaktiv Wenn Tiere tagsüber schlafen und nachts fressen oder jagen.

Nadelbaum Baumart mit nadelähnlichen Blättern.

Nährstoffe In Nahrung enthaltene Stoffe, die Lebewesen zum Überleben brauchen.

Naturschutz Bemühungen, ein Lebewesen vor dem Aussterben zu bewahren.

Nektar Süße Flüssigkeit, die von einigen Blüten hergestellt wird.

Pflanzenfresser Tier, das nur Pflanzen frisst.

Pilze Lebewesen, die tote Pflanzen und Tiere abbauen, um aus ihnen Nahrung zu gewinnen.

Plantage Ort, an dem Nutzpflanzen angebaut werden.

Primat Gruppe von Säugetieren, zu der auch einige Affen gehören.

Produzent Lebewesen, wie zum Beispiel eine Pflanze, die ihre eigene Nahrung herstellt und von Tieren gefressen wird.

Raubtier Tier, das andere Tiere jagt und frisst.

recyceln Etwas Altes verwenden, um etwas Neues herzustellen.

Revier Gebiet, das eine bestimmte Gruppe von Tieren oder Menschen für sich beansprucht.

Satelliten Künstlicher Flugkörper, der die Erde umkreist, um die Bedingungen auf der Erde zu überwachen und Nachrichten zu senden.

Subalpine Zone Gebiet zwischen den Berggipfeln und dem dichten Wald, in dem weniger Bäume und mehr Gestrüpp wächst.

Tarnung Farben oder Muster auf Haut, Fell oder Federn eines Tiers, die ihm helfen, mit seiner Umgebung optisch zu verschmelzen.

Tiefland Land, das nicht höher als 200 Meter über dem Meeresspiegel liegt.

traditionell Wenn etwas seit Langem auf dieselbe Weise gemacht wird.

tropisch Wenn ein Gebiet oder Klima heiße Temperaturen und hohe Niederschläge aufweist.

Umweltverschmutzung Verbreitung schädlicher Stoffe in der Luft, im Boden oder im Wasser.

Vegetation Pflanzen in einem bestimmten Lebensraum.

Verband Gruppen mit enger sozialer Bindung.

Wasserdampf Gas, das beim Erhitzen von Wasser entsteht.

Wirbellose Tiere ohne Wirbelsäule.

Register